The World Is Round

世界はまるい

ガートルード・スタイン 文

クレメント・ハード 絵

マーガレット・ワイズ・ブラウン 編集

みつじまちこ 訳

アノニマ・スタジオ

ROSE IS A ROSE IS A ROSE IS A ROSE

フランスのバラである
ローズ・ルーシー・ルネ・アンヌ・デギーに

THE WORLD IS ROUND
Text Copyright ©1939, renewed 1966 by Gertrude Stein
Illustration Copyright ©1939, renewed 1966 by Clement Hurd
Illustration rights arranged with Curtis Brown Ltd.
Through Japan UNI Agency, Inc.

GERTRUDE STEIN

THE WORLD

もくじ：ローズはバラの花・ウィリーはウィリー・びっくりおめめ・ウィリーと歌・ウィリーとライオン・ライオンはライオンじゃない？・ローズとウィリーのライオン・ローズはかんがえちゅう・好きな色・もう一度ビリーのこと・ビリーをウィリーにもどす・あるとき・山の上のイス・イスをもって山にのぼる・道のり・ローズの旅立ち・山道をのぼる・昼と夜・その夜・その夜・夜・ローズは近くで見た・夜・朝・木立と石ころ・ローズのしたこと・ローズと鐘の音・ローズと鐘の音・あるとき・緑の草原・もうちょっと・そこで・ひとすじの光・おしまい

IS ROUND

PICTURES BY CLEMENT HURD

1
ROSE IS A ROSE
ローズはバラの花

むかしあるとき、世界はまるくて、てくてくとことこ歩いていくと
ぐるっとひとまわりすることができました。

どこにでもあるところがあって、あるところにはどこにでも男のひ
と女のひと子どもたち、犬にウシにイノシシにウサギ、ネコやトカゲ、
それからほかにもたくさんの動物がいました。世界とはそういうもの
でした。犬もネコもヒツジもウサギもトカゲも子どもたちも、だれも
がそのことをちゃんとみんなに話したいと思っていたし、だれもが自
分たちのことをちゃんと話したいと思っていました。

そしてそれから、ローズという女の子がいました。

ローズというのがその子の名前で、もし名前がローズじゃなかった
ら、わたしはいまとおんなじローズだったかな、とよくかんがえました。
なんどもよくよくかんがえました。

もし名前がローズじゃなかったら、わたしはローズだったかな、も
しわたしがふたごだったら、いまとおんなじローズだったかな。

やっぱりローズがその子の名前でした、おとうさんの名前はボブ、
おかあさんの名前はケイト、おじさんの名前はウィリアム、おばさん
の名前はグロリア、おばあちゃんの名前はルーシーでした。みんな
名前があって、その子の名前はローズでした、でももしそうじゃなかっ
たらとかんがえて、ローズはよく泣きました、もし名前がローズじゃ
なかったら、わたしはいまとおんなじローズだったかな。

いっておきますが、ローズがこうして泣いているあいだもずっと、
世界はまんまるくて、てくてくとことこ歩いていくと、ぐるっとひとま
わりすることができました。

ローズは犬を2匹飼っていて、大きくて白いのがラヴ、ちいさくて
黒いのがペペ、ちっちゃな黒い犬はローズの犬じゃなかったけれど、
ローズはわたしの犬だといっていました、ほんとうはおとなりの犬で、
この犬はローズのことをぜんぜん好きじゃありませんでした、それに
はわけがあったのです、ローズがちいさいとき、いまローズは9才で、
9才はちいさくないけれど、そう、ローズはもうちいさくないけれど、

とにかくローズがちいさいとき、　ある日ちっちゃなペペをつかまえて
命令したのです、　ローズはみんなに命令するのが好きで、　とにかく
ちいさいときはそうで、もうすぐ 10 才になるから、いまではみんなに、
こうしなさい、　なんていわないけれど、　ちいさいころは命令するのが
好きだったので、　ペペに命令したのです、　ところがペペときたらい
うことをきかなくて、　ローズにどうしろといわれているのかわからなく
て、　もしわかったとしても、　やっぱりいうことをきかなかったでしょう
ね、だれだってひとから、　こうしなさい、　って命令されるのはいや
にきまっています、　それでペペはいうことをきかなくて、　ローズはペ
ペを部屋にとじこめてしまいました。　かわいそうなペペは、　外でしな
さいよ、　部屋のなかではぜったいしちゃダメよ、　としつけられている
ことを、　部屋にひとりぼっちにされて気がたっていたのでしてしまい
ました、　かわいそうなペペ。　やっと部屋からだされたとき、　あたりに
はおおぜいのひとがいたけれど、　ちっちゃなペペはまよわず、　たくさ
んの足のあいだをすりぬけていき、　ローズの足を見つけると、　ガブリ
とかみついて逃げました、　でもペペはわるくありませんよね、　そうで
しょう？　ペペがひとをかんだのはこれ一度きりでした。ペペはもう
二度とローズにコンニチハはいわないでしょうけど、　ローズはペペを
わたしの犬だといっていたので、　ペペがあいさつしなくてもへっちゃら
でした。自分の犬なら、　あらためてあいさつしなくてもおかしくあり
ませんよね、でもローズとペペは、　ほんとはぜんぜんなかよくありま
せんでした、　そう、　両方ともそのことをちゃんとわかっていて知らん
顔していたのです。
　　ローズと大きな白い犬のラヴはなかよしで、　いっしょに歌をうたい
ました、歌というのはこういうことでした。
　　ラヴが水をのみます、　するとペチャペチャ水をのんでいる音が歌
みたいで、　かわいいリズムにきこえます、　ラヴが水をのんで、　ローズ

は歌をうたいます。 こういう歌でした。

　　　わたしはちっちゃな女の子
　　　名前はローズ、 ローズって名前
　　　なぜ　わたしは女の子なの？
　　　なぜ　わたしの名前はローズなの？
　　　いつ　わたしは女の子なの？
　　　いつ　わたしの名前はローズなの？
　　　どこで　わたしは女の子なの？
　　　どこで　わたしの名前はローズなの？
　　　わたしはちっちゃな女の子、
　　　バラって名前の女の子、 バラって名前のどの女の子？

　　ローズがこんなふうに歌をうたうと、 ラヴはペチャペチャ音をたて
て水をのんで、 ローズはそのリズムにあわせてうたいました。

　　　なぜ　わたしは女の子なの？
　　　どこで　わたしは女の子なの？
　　　いつ　わたしは女の子なの？
　　　わたしは　どの女の子なの？

　　歌をうたうとローズはとても悲しくなって、泣きだしてしまいました。
　　するとラヴもあたまをあげ、 空を見上げてくうーん、 くうーんと鳴
きだしました、 ラヴとローズは、 ローズとラヴは泣いて鳴いて泣いて、
ローズが泣きやんだときには、 すっかりなみだがかれていました。
　　そしてローズがこうして泣いているあいだも、 世界はずっとまるい
ままでした。

2
WILLIE IS WILLIE
ウィリーはウィリー

　ローズにはウィリーという名前のいとこがいて、その子はまえに一度おぼれそうになったことがありました。ほんとうは二度おぼれそうになったことがありました。
　こころおどるできごとでした。
　二度ともすごくワクワクしました。
　世界はまるくて、まるい地球のそのうえにまるい池がありました。ウィリーは池へ泳ぎにいきました、男の子3人で池にいって泳ぎました、そこにはたくさんひとがいて、おとなたちは釣りをしていました。

まるい池は底もまるくて、まるい水面にスイレンが咲いていました、うつくしいスイレン、白いスイレンや黄色いスイレンが咲いていました、するとすぐに、ほんとうにすぐに、ひとりそれからもうひとりと、男の子の足がスイレンにからまりました、スイレンって見た目にはうつくしいけれど、さわるとうつくしいどころのさわぎではありません。足をとられたのはウィリーと、もうひとりのちっちゃい男の子で、3人めの大きい男の子が、おーい、とふたりをよびもどそうとしたけれど、ウィリーももうひとりの子もうごけませんでした、スイレンはそんな気はなかったのですが、それでもふたりをはなしませんでした。

　大きい男の子は釣りをしている男のひとたちに、たすけて！　スイレンに足がからまっておぼれちゃいそうだよ、はやくきてたすけて！とさけびました。でも男のひとたちはお昼ごはんを食べたばかりで、釣りをしていると、どうしてもおなかいっぱい食べてしまうし、食べたあとすぐに泳いではいけないし、そのことをよくわかっていたので、どうすることもできませんでした。

　そこで、その子はそういう子だったのですが、ウィリーたちをなんとかしてたすけなくちゃ、といって、スイレンの咲いている池のなかにザブザブ入っていって、まずちっちゃい子を引っぱりあげ、それからウィリーを引っぱりあげ、ふたりを岸につれもどしました。

　そういうわけで、池も地球もまるかったけれど、ウィリーはおぼれませんでした。

　これが、ウィリーがおぼれなかった一度めです。

　二度めは、ウィリーがおとうさんとおかあさんといとこのローズといっしょのときでした。

　山道を車でのぼっていると、雨がどしゃぶりになってきました、雨が急にはげしく降りだすとどうなるかって？　ぬれるなんてものじゃなくて、雨のシャワーをあびているみたいです。

車は山道をのぼっていき、雨は川のようないきおいで山道をつたっ
て流れてきました、するとそのとき、なんと干し草がころがってくる
ではありませんか！　干し草ってなにかって？　干し草は刈りとった
草のことで、草を刈りとって束ねると干し草になるの。

　とにかくそういうわけで、干し草が山道をころがってきました、ま
さか干し草がころがってくるなんてありえないでしょう。干し草はふつ
うなら、だれかに運ばれるまでじっとしているものなのに、この干し
草は大雨で遠くから流されてきて、ダムのように水をせきとめたので、
山道に水がたまって、車のなかまで水が入ってきて、だれかがドア
をあけたものだから、もっといっぱい水が入ってきて、ウィリーとロー
ズは車のなかにいたので、ウィリーはこんどこそぜったいにおぼれる、
ローズまでおぼれちゃうかもしれない、と思ったほど、水がいっぱい
入ってきました。

　するとそのとき、ちょうどそのとき、干し草がどこかに流れていっ
て、干し草ってそういうものなのですが、たまっていた水もすうっと
ひいて、車は流されずぶじで、その日ローズもウィリーもおぼれませ
んでした。

　ずっとあとになって、ふたりはそのことをあれこれしゃべりました
が、地球はまるいからおぼれるわけがないことを、もちろんふたりと
もちゃんと知っていました。

　さて、ウィリーも歌をうたうのが好きでした。ウィリーはローズの
いとこで、つまり一家そろって歌が好きでしたが、ウィリーにはいっ
しょに歌をうたう犬がいなかったので、だれかといっしょにうたいた
くて、フクロウとうたいました、フクロウとうたえるのは日が暮れてか
らでしたが、ウィリーは夕暮れどきになるとフクロウといっしょに歌を
うたいました。フクロウは３種類いて、１羽はキューフクロウ、１羽
はフーフーフクロウ、そしてもう１羽はホーホーフクロウ、まいばんウィ

リーはフクロウたちといっしょに歌をうたいました、うたったのはこう
いう歌です。

　　　ぼくの名前はウィリー　　ぼくはローズとちがう
　　　なにがあっても　　ぼくはウィリー、
　　　もし名前がヘンリーでも　　ぼくはウィリー
　　　いつだって　　ぼくはウィリー　　どんなときも

そうしてこんどは、フクロウがうたいだすのを待ちました。
月あかりの下、キューフクロウがうたいます。

　　　きみはだあれ　　きみはだあれ？

ウィリーはいとこのローズみたいに、歌をうたっても泣いたりしま
せん、それどころかうたうと、ますますワクワクしました。
　そして空には月、まるい月。
　あたりはしんと静まりかえっています。
　それからまたウィリーがうたいだしました。

　　　おぼれそうになって
　　　わすれそうになって
　　　また　思いだして
　　　ぼくは　かんがえる

フーフーフクロウがさえぎりました。

　　　そうかい　そうかい

フクロウの目玉は
　　どれもまるいよ

　ウィリーはどんなことにもワクワクして、ますます元気がでてきて、
うたいました。

　　あるとき　地球はまるかった
　　月はまるかった
　　池もまるかった
　　そしてぼくは
　　ぼくは　おぼれそうになった

こんどはホーホーフクロウがうたいました。

　　ホーホー　　ホーホー
　　ウィリーって　きみの名前は
　　なにかをしようとするきもち　きみらしいね
　　きみは　ちっちゃな男の子
　　きみは　背もちっちゃいね
　　ホーホー　　ホーホー

まよなか
ウィリーはねむっていました
ねしずまったものたちがモゾモゾうごきだすころ
ウィリーはねがえりをうって、ねごとをいいました

たまに、おぼれたい。

3
EYES A SURPRISE
びっくりおめめ

　ローズは月はどうでもよかったけれど、星は好きでした。
　あるとき、だれかが星だってまるいんだよ、とおしえてくれたけれど、ローズはそんなことききたくなかったな、と思いました。
　犬のラヴも月はどうでもよくて、星のことなんか気がついてもいませんでした。月だって、まんまるの満月のときさえ気づかなかったほ

どで、ラヴはいったりきたりする車のライトが好きでした。ラヴはち
びぺぺとちがって吠えたりする犬じゃなかったのに、車のライトには
興奮して、つい吠えてしまいました。ぺぺはといえばしじゅう吠えま
くっていて、ワンワンと鳴きました、よくきいていると、ほんとにワン
ワンってきこえます。

さて、ある日の夕方みんなでドライブにでかけました、ぺぺはいっ
しょじゃありませんでした、だってぺぺはローズの犬じゃなかったで
しょう、ローズとラヴはいっしょでした、車のライトがまぶしくて、
かがやく月の光に耳をすますこともできませんでした、ローズも、ラ
ヴも、ウサギも、だれも。

ウサギっていうのは、ちっちゃなウサギが道のまんなかにいたので
す、車のライトにつつまれて、そこにいるのがあたりまえのような顔
をして、でもそうするほかなかった、そうしてじっとしているしかなかっ
た、ちっちゃなウサギさん。

おとうさんのボブがブレーキをかけても、ウサギはじっとしたまま
逃げていこうとしません。

アカルイアカリ、マバユクマバタキ、コウサギコウサン。

それで、こっちのライトからあっちのライトへぴょんぴょんおどった
りして、あぶなっかしいので、おとうさんが、ラヴを外にだしてやろう、
ラヴならウサギを逃がしてあげられるかもしれないから、といって、
白い犬を車からだしてやったら、ラヴはまずライトを見て、それから
ウサギを見て、ウサギにあいさつしに近づいていきました、ラヴは
そういう犬でした、相手が犬でも、男のひとでも、子どもでも、子
ヒツジでも、ネコでも、コックさんでも、ケーキにでも、なんにで
も近づいていってあいさつするのです、ラヴがウサギにコンニチハと
いうと、ウサギはまばゆいライトのことなんかもうどうでもよくて、い
ちもくさんに逃げていきました、ラヴはウサギがコンニチハとあいさ

つを返してくれなかったのでガッカリ、 ウサギのあとを追いかけたけ
れど、 ウサギのほうが白い犬より逃げ足がはやいにきまっています、
ラヴはただウサギとなかよくなりたかっただけで、 ラヴはほんとうに
だれとでもなかよくなれたんですけどね、 それがこの夜のできごとで
した。 たのしい夜でした、 ラヴは車にもどってきて、 おとうさんのボ
ブは車を運転して家に帰り、 ローズはこんなときいつもそうするよう
に、 走り去っていくウサギを目で追いながらうたいました。

　　　あらまあ
　　　なんという空
　　　ガラスペンさん

ローズはガラスのペンを１本もっていました。

　　　いつ　　ああ　　いつなの？
　　　ちいさなガラスペンさん
　　　おしえて　　いつ
　　　あのウサギは見えなくなるの？
　　　いつ
　　　ねえ
　　　イッツ・ア・ペン

そしてローズはわっと泣きだしました。
ローズは泣きました、 なみだをぽろぽろこぼして泣きました。

　しばらくして、 ローズは学校にいくことになりました。 高い山が
そびえるところにある学校でした、 でも山は高すぎて見えないの、 と

ローズはいっていました。ローズはそんなファニーな子でした。

　学校にはほかにも女の子がいたので、ローズはうたったり泣いたりしているひまはありませんでした。

　先生はいいました

　地球はまるい

　太陽はまるい

　月はまるい

　星もまるい

　それらがみんな　ぐるぐるまわってる

　ひっそり静かに、と。

　それをきくとローズはすごく悲しくなって、泣きたくなりました

　でも先生のいったことなんか信じませんでした

　だって山はあんなに高くそびえています、

　こういうときは、歌をうたっちゃおう

　そのとき、ローズはおそろしいことを思いだしました

　まだちいさかったときのことです

　ある日、歌をうたっていると、

　目のまえに鏡がありました

　うたっている口のかたちはまるくて、ぐるぐるまわっていました。

　あらまあ、あらまあ、やっぱりなにもかもまんまるくて、ぐるぐるまわっているの？　ローズはどうすればいいの？　でも思いだして、山はあんなに高くそびえているから、なんでも止めることができるはず。

　そうはいっても、ローズはそんなこといちいち思いだしたり、わすれたりしていられないでしょう、でも歌はうたえます、もちろんローズはうたうことができます。そして泣くことだって、ローズはもちろん泣くこともできました。

　ああよかった。

4
WILLIE AND HIS SINGING
ウィリーと歌

こうしているあいだも、ウィリーはウィリーでくらしていました
もちろんウィリーだって歌くらいつくれます
ウィリーがすごく気になっていたのは
風も吹いていないのに
まるで風が吹いているときみたいに

しげみの小枝がゆれることでした。

ウィリーは走るときを知っていました

うたうときを知っていました

そしてウィリーは自分が

だれなのかを知っていました

ウィリーはウィリーです

まるごと、ずっと。

ウィリーはどこかへでかけてもおとまりはしませんでした。

ウィリーはよそへおとまりにいったりしませんでした

ウィリーはそんなことしません。

でもたった一度だけ、おとまりするつもりででかけたことがあります、いつか見たことのあるところでした。

ウィリーは見ました。

ちいさいおうちのちかくに、木が2本ありました。

木が1本あると、すぐそばにもう1本はえてくることがあります。

ウィリー

そうよね？

しばらくして、冬なのにめずらしくカミナリが鳴りました、イナズマがピカッと光って、冬なのにカミナリがゴロゴロ鳴りました。

ああ、ウィリー。

それでもウィリーはよそへおとまりにいったりしませんでした。

でもウィリーはうたうことができました。

そうです、歌をうたいました。

木が2本あるおうちとウサギの歌をうたいました

トカゲの歌もうたいました。

トカゲは家のカベをつたって、屋根までのぼったかと思うと、かわいそうにツイラクしてしまいました。

ポトリと屋根から落っこちました。

ウィリーは見ました。

そしていいました、地球はまるくて、トカゲがツイラク？

ええそうです、もしも地球に屋根があればね。

ちいさなトカゲはしっぽがちぎれていたけど、死んではいませんでした。

ウィリーはしゃがんでひとやすみしました。

ふしぎだな、トカゲはカベからは落っこちないのに、ふしぎだな、そういって、ウィリーはまたしゃがみました。

しゃがんでひとやすみしました。

ウィリーはネコとトカゲが好きでした、カエルとハトが好きでした、バターとクラッカーが好きでした、花と窓が好きでした。

たまにそういうものたちが、アソボウヨってやってくると、ウィリーはあそびにきた友だちに話しかけました。

それから歌をうたいました。

こういう歌です。

　パンをもってきて

　バターをもってきて

　チーズをもってきて

　それにジャムをもってきて

　ミルクをもってきて

　それにチキンをもってきて

　たまごをもってきて

　それからハムもすこしね

ウィリーがうたったのはこういう歌でした。

するととつぜん

地球はもっともっとまるくなりました。

星はもっともっとまるくなりました

月はもっともっとまるくなりました

太陽ももっともっとまるくなりました

ウィリーは、ああ、ウィリーは水に流そうとしました、ローズじゃ
なくて、自分の悲しみを水に流そうとしたのです。

ウィリーは歌をうたうのが大好きで、うたうとワクワクしました。

ウィリーがうたったのはこういう歌です。

　ぼくのこと信じて、おねがいだから

　ぼくは知ってる、知ってるよ

　ぼくはウィリー、ウィリーさ、おうっ

　ああ、ウィリーはいつだって　ウィリーといっしょさ

そうさ、とウィリーはいいました、そうだよ。

それからウィリーはまたうたいだしました。

　あるとき　ぼくは自分に出会って　あわててかけだした

　あるとき　ぼくがかけだしたのを　だれも見てなかった

　あるとき　なにかができる

　あるとき　だれも見てない

　だけどぼくは　ぼくは　ぼくの好きなようにするのさ

　世界をぐるぐる　好きなようにかけまわるよ

　ぼくはウィリーだからね

ウィリーはちょっとやすんで、またうたいました。

23

そんなふうにうたいました。

　ウィリーはこれからなにかをするでしょう、だってあるところは世界のいたるところにあって、ウィリーがてくてくとことこ歩いていくと、あっちにもこっちにもそこがあるんですもの。

　ふしぎだな、とウィリーがいいました、小犬は小犬がいるとすぐわかる、ずっとずうっと遠くにいても、ぼくも、とウィリーがいいました、男の子がいるとすぐわかるよ。

　そりゃあね、と小犬がいいました、小犬はオモシロイからね

　そりゃあね、とウィリーがいいました、男の子はオモシロイからね。

　ウィリーはきっとなにかをします、そのときがやってきました。

24

5
WILLIE AND HIS LION
ウィリーとライオン

ウィリーにはおとうさんがいて、おかあさんがいました
ウィリーはそういう子でした。

ウィリーはおとうさんにつれられて、ライオンやキリンやゾウを売っている町にでかけました。

　もしも地球がまるかったら、草原でくらしている動物が地面からでてくるのでしょうか。

　ウィリーがおとうさんといっしょにでかけたところには、そんな動物ははえてこず、年じゅう売られていたわけでもありません、でもそこにはいつでもライオンやキリンやゾウがいました。みんな野生の動物を飼っていたのです。それらの動物は飼いぬしにつれられて川にうかぶ舟の上にいたり、どこかの庭先や家のなかにもいました。その町ではだれもがライオンやキリンやゾウを飼っていて、いつもつれ歩いていました。

　どうしてそんな動物が町にいたのでしょう。もしかしたら地球はまるくて、草原でくらしている動物が地面からでてくるのでしょうか、理由はともあれ、その町のひとたちはみんなライオンやキリンやゾウを飼っていました、それを売っているひともいて、そういうことはめずらしくありませんでした。

　ウィリーのおとうさんもそんな動物を1頭手に入れようと、この町にやってきました。どれを？　といったのはウィリーです。動物園でしか見たことのない動物が舟に乗っているなんておかしな光景です、手こぎボートに1頭、ヨットに1頭、モーターボートにも1頭います。

　ふしぎな町でした、町のひとたちがそんな動物をつれていなければ、おかしなことはなにもないのに、男のひとや女のひとや子どもたちが川で舟あそびをしていて、そのかたわらにライオンやキリンやゾウがいました、野生の動物はふつう草原でくらしていて、あらあらしいものです。

　ほんとにふしぎな町でした。

　ウィリーはどこにでもいくので、そこにもあたりまえのようにいきま

した、だっておとうさんがつれていってくれたから。ふしぎな町でした。
ウィリーはいつだってもらえるものはなんでももらいました。ボクモヒ
トツホシイナ。ドレデモイイカラ。みんなが飼っているから、ウィリー
も飼いたいと思いました、どんな動物だっていいのです、自分のも
のになるならどれでも。

　そしてウィリーは1頭手に入れました。

　どれを？

　ゾウがいました、1頭は手こぎボートに乗っていました、それはウィ
リーのものにはなりませんでした。

　トラが1頭ヨットに乗っていました、それもウィリーのものにはな
りませんでした。ウィリーが手に入れたのはライオンでした、子ども
のライオンではなく、ローズが飼っている犬のラヴくらいの大きさで、
ただぞっとするようなライオンでした。ライオンはどんなライオンでも
こわいものです、ちいさいのでもこわいけれど、そいつはかなり大き
なライオンでした。

　ウィリーはうたいはじめました、ワクワクして、つぎからつぎへとう
たいました、ライオンのためにうたったのではなく、ライオンがカッ
コいいとうたったのです、ネコやトラや犬やクマのことも、窓やカー
テンやキリンやイスのこともうたいました。キリンの名前はリジーって
いうの、ほんとです。

　ウィリーはワクワクしすぎて、もううたえなくなりそうだったけれど、
自分のライオンを見たら、またうたいだしました。うたってうたって
うたいまくりました。ウィリーがうたったのはこういう歌です。

　　　まるいから　ぐるっとひとまわり
　　　ライオンにトラ　カンガルーやカナリアがいっぱい
　　　野生の動物がいるのはふしぎじゃない

なぜなの？
だって　世界はまるくて
みんなまるい地球の上にいるから
ちっちゃい犬はこわくてビクビク

そしてちいさな声で、

デモ雨ガフッタラ　ナニモカモ
アライナガサレテシマウノ？

それから大きな声で、

だから　ぼくは選んだのさ　ライオンを！

しばらくすると、　ウィリーはしゃがみこんで泣きました
あれれ、　ぼくったらいとこのローズみたいだ、　とウィリー。
ほんとう
ほんとにそうです。
まったくウィリーらしくないね。
ああ、　またもとのウィリーにもどれるかな？
ライオンがいるうちはムリです。
ムリ、　ムリ。
すると、　ウィリーはますます泣けてきました、　そのときとつぜん、

黄色い桃の入ったかごはふたつしかないけど、
ぼくは両方とももっている、

といいました。

それからちいさな声でいいました、モッテルヨ、って。

ウィリーはもっていました、りっぱな黄色いまるい桃、ほんとうに
まんまるで、ほんとうにまっ黄色で、ほんものの桃で、桃が入った
かごはふたつしかなくて、ウィリーは両方とももっていました。

それでウィリーは気をとりなおして、いとこのローズにライオンをあ
げることにしました。

6
IS A LION NOT A LION
ライオンはライオンじゃない?

　　　ライオンヲ　アゲテシマウノハ　カンタンナコトジャナイ。
　　　いまなんていったの、ウィリー?
　　　ライオンをひとにあげるのはカンタンなことじゃない、っていったの。

7

ROSE AND WILLIE'S LION

ローズとウィリーのライオン

　ライオンがいます、名前はライオンで、ライオン・ライオンってよ
ばれるときもあります。

　ローズは泣きだしました。

　たのむから

　ローズを泣かせないで

　おねがい。

　ウィリーがライオンにいいました

　ウィリーがローズにライオンをあげたとき

　自分のライオンをあげたとき。

　そう、あのウィリーのライオンをあげたときです。

　じつは、それにはもうすこしわけがありました。

　ローズはライオンのはなしをきいたとき、あのウィリーのライオン
のことですが、犬のラヴのことを思いだしました。ラヴの毛はライオ
ンみたいにカットしてあったけれど、泣いたのはそのためではありま
せん。ラヴが生まれて３カ月め、まだライオンを見たこともなかった
ころのことです。

　ラヴは吠えませんでした、吠えないしかんだりもしませんでした、
生まれて３カ月になるのに、まだ一度もワンと鳴いたことがなかった
のです。

　ラヴは吠えることができないのかな、とみんなだんだん心配になっ
てきました。ともかくそういうことだったのです。

　ある日、ローズとおとうさんのボブとおかあさんのケイトとおばあ

ちゃんのルーシーとおじさんのウィリアムはドライブにでかけました、小犬のラヴもいっしょでした。ラヴはピンク色の鼻に、あかるいブルーの目をした、うつくしい白い犬でした。ラヴはアスパラガスが好きだったので、アスパラガスを食べるとうれしくて、ピンク色の鼻がまっ赤になったものです、それでもやっぱりラヴは吠えませんでした、ネコを見ても吠えないし、アスパラガスにも吠えませんでした。ところが、その日とつぜん、ラヴはびっくりしたひょうしに立ち上がって、ワンと吠えました。なににびっくりしたのかな。ひろびろとした畑のまんなかに大きなトラックが1台とまっていました、トラックにはオリがいくつか積んであって、荷台の両がわの囲いがおろしてあったので、オリのなかにライオンやトラやクマやサルがいるのが見えました、それでラヴはたまらず吠えたのです。

　ローズはまだとてもちいさくて、歌をうたうにはおさなすぎましたが、とにかくうたいました。

　これがローズのうたった歌です。

　　　ラヴはどうして
　　　あの動物たちがあばれるって知ってるの？
　　　野に生きる　あらあらしい　ケモノのこと
　　　ラヴはどうして　そんな動物を知ってるの
　　　いままで　見たこともないのに

　つづきはこうです。

　　　ネコをオリのなかにいれたら
　　　オリコウにしているかしら
　　　高い屋根の上にいる犬は

オタカクとまってツンとおすまし？
だけど証拠はあるの？　ほんとうに犬で
ほんとうに屋根の上に犬がいるの？
それにしても
ああ
ラヴはどうして
あの動物たちがあばれるって知ってるの？
野に生きるケモノは、そう、あばれる
ケモノだからあばれるの？
もしわたしがあばれたら、あなたがあばれたら
あなたも、ああ、あなたもケモノなの？

ローズは泣きだしました。
そんなのぜったいウソ
ウソにきまっています
だって、ケモノはねそべることができます。
　静かにねそべって、死んでるんじゃなくて、ただゆったりとねそべっ
ています。
　ローズはまたうたいだしました。

　わかってた、わたし、うたうってわかってた
　歌がすべてだから
　知りたかった、わたし、知ってたらよかったな
　ケモノはどうして　あらあらしいの？
　どうしてあばれるの、なぜ　なぜなの？
　どうしてケモノは野に生きるの、ああ　なぜなの？

それからローズはまた泣きだしました。

ラヴは吠えることができるとわかって、すやすやねむっていました、それに起きていると、ローズが泣いたりうたったり、うたいだしたと思ったら、また泣いたりするのをきかされるでしょう。

ナノニ　ドウシテ　ソンナコト　シナキャナラナイノ？

とラヴがいいました。

ドウシテ　ソンナコト？

それからラヴはライオンやトラやクマやサルを見ても、もう吠えませんでした、たまには見かけたし、だれだってときどきは見かけるものですが、ラヴは吠えませんでした、一度吠えたらじゅうぶん、もう吠えないよ、ライオンやクマはそんなにオモシロクないからね、とでもいいたげに、プイと横を向いていました。

ラヴが吠えるのはたいていねむっているとき。

夢のなかで。

夢を見るとラヴは、おしころしたようなひくい声をもらしました、夢を見ているひとがよくだすような声です。

ラヴは夢を見るのが好きとかきらいとかはいいませんが、夢を見て、夢を見るたび吠えました。

ローズは、いとこのウィリーがライオンを飼っているときいたとき、いろんなことをかんがえました。

8
ROSE THINKING
ローズはかんがえちゅう

もしも地球がまるかったら、ライオンはすべり落ちちゃうの?

9
A FAVORITE COLOR
好きな色

　ローズはまわりにだれもいないと、きまってひとりごとをいいます
　ローズちゃんったら、ローズちゃん、地面を見てごらん
　なにが見える？
　ほら、地球はまるくなんかないでしょう。
　ライオンはブルーじゃないとわかったとき、ローズはいいました。
　ブルーのライオンなんていないことくらい、ローズはもちろん知っていました、でもローズはブルーが好きでした。
　ローズの名前はバラの花で、バラ色ピンクのことですが、好きな色はブルーでした。でもやっぱりライオンはブルーじゃありません。ブルーのライオンなんていないことくらい、ローズはちゃんと知っていました、それでもブルーが好きでした。

10

BRINGING BILLIE BACK

もう一度ビリーのこと

ライオンには名前がありました、色はブルーじゃなかったけど、みんなとおなじように名前がありました、ビリーといいました。ウィリーはローズのいとこの男の子の名前、ビリーはライオンの名前です。

11

BRINGING BACK BILLIE TO WILLIE

ビリーをウィリーにもどす

こんなことがありました。

学校にはライオンをつれてきてはいけないことになっていました、たとえ大好きなブルーのライオンだったとしても、学校でライオンなんて飼えるはずなかったし、ライオンが黄色っぽい茶色のふつうのライオン色をしていたとしても、やっぱりムリな相談だったでしょう、いくらライオンにりっぱなたてがみやれっきとした名前があっても、その名前がビリーでも、ムリなものはムリです。

でも、ローズはほんとうにライオンなんて飼っていたのかな？ちょっとあやしいと思いませんか？　だってライオンなんてどこにもでてこないし、子ヒツジみたいにおとなしい動物だって学校にはつれてこられないのに、ライオンなんてもっとダメにきまっています。

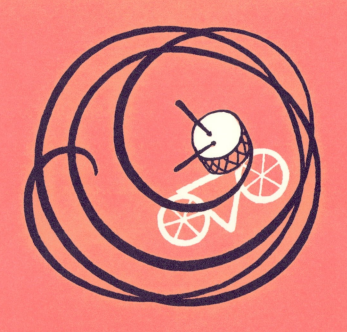

　さて、学校の外にタイコをもった男のひとがいました、そのおじさんは自転車に乗りながらタイコをたたいていて、ローズがドンドコドンという音のするほうへいくと、校門の外でおじさんがさけんでいました。

　　　ドッチカナ　ドッチカナ
　　　ライオンナンテ　イルノカナ　イナイノカナ
　　　ドッチカナ　ドッチカナ

　ローズもつられてうたいはじめました、目になみだをうかべて、たまらず歌いだしました。
　タイコはドンドコ鳴りひびき、タイコたたきのおじさんは、ドッチ

カナとさけび、ローズは大声で、ドッチニモイナイとさけびかえしま
した。

　　　コッチニモイナイ　　アッチニモイナイ
　　　ライオンナンテ　　イナイイナイ
　　　コッチニモ　　アッチニモ　　ドッチニモイナイ
　　　コッチニモイナイ　　アッチニモイナイ
　　　ライオンナンテ　　イナイイナイ

　　おじさんはタイコをドンドコたたきつづけ、やがてタイコの音はだ
んだん遠くなっていきました、タイコはまるくて、自転車の車輪もま
るくて、ぐるぐるまわってどんどん遠ざかっていき、ぐるぐるまわって
どんどん遠ざかっていくと、タイコたたきのおじさんの口もまるくなっ
て、ドッチカナ、ドッチカナ、といっているうちに、とうとうタイコ
の音はきこえなくなりました、そして自転車もタイコたたきのおじさ
んのすがたも見えなくなりました。
　　学校の入り口にひとりのこされたローズは、ライオンのビリーちゃ
んとは結局、お友だちになれないままだったな、と思いながら、ゆっ
くりうたいはじめました。

　　　ビリーはウィリーのところに帰る、
　　　ウィリーはビリーをとりもどすの、
　　　ブルーのライオンなんていないから
　　　わたしのライオンじゃないから
　　　そうよ　ウィリーのライオンだから

　　さあウィリー、ほらウィリー、ライオンをあげる、

ほんもののライオン、ウィリーのライオン、ウィリーときたら、わたしがライオンなんかちっともほしくなかったこと知らなかったし、これからもずっと知らないままでしょう、大好きなウィリー、こころやさしいウィリー、かえすわね、ほらもってっていいのよ、ウィリーのライオンだから、ダッテ……とローズは自分がウィリーになったつもりで、ひとりごとをいいはじめました……ダッテ、モシモブルーノライオンヲキミカラモラエタラ、スゴクウレシイシ、キミニアゲタクナルカモシレナイ……なんてやさしいのウィリー、大好きよ、でも全身ブルーのライオンなんてこの世にいないし、ライオン色のブルーなんてないの、ドッチモナイのよ、そういってローズは泣きました、そしてローズは泣きじゃくりながら外へでていきました、ローズはライオンがいたことをもう一度、いえ、もう二度と思いだすことはないでしょうね、きっと、ドッチカナ？

12
ONCE UPON A TIME
あるとき

あるとき、ウィリーはそこにいました、いつだってウィリーのいるところがそこでした、そして自分のものだったライオンのことはもうほとんどわすれていました、ライオンがいたことも、ライオンに名前がついていたことも、ほとんどわすれていました、それよりウィリーは、ふたごのトカゲがいるかどうか知りたいと思っていました、ちょうどそのとき、チャイムが鳴りました、ライオンでした、ライオンのビリーが帰ってきたのです、ウィリーはたまらずうたいだしました。

ビリーが帰ってきたよ、という歌でした。

ビリーが帰ってきたよ
どうやって　ビリーは帰ってきたの？
どうやっての「ド」がぬけたら　ウナルノ？

ウィリーはうたいました。

どうやって　ビリーは帰ってきたの、ド、ド、ドウヤッテ？

ビリーは帰ってきました、でも帰ってきたビリーはライオンだったでしょうか？　ううん、とウィリーはいいました、帰ってきたビリーはライオンじゃないよ、帰ってきたビリーは子ネコだったでしょうか？ううん、とウィリーはいいました、ビリーは子ネコじゃないよ、それじゃあネズミだったでしょうか？　ううん、ネズミじゃないよ。

じゃあ、ビリーは帰ってきたとき、いったいなんだったの？　ふたごのきょうだいだよ、とウィリーはいいました、帰ってきたのは、ビリーのふたごのかたわれだったのです。
　ウィリーは笑いだし、笑いがとまりそうになると、また笑いだしました。笑ったのはウィリーで、ビリーじゃありません、ビリーは思わず笑ったりはしません、ビリーじゃありませんよ、だってビリーはライオンだもの、ライオンは笑ったりしなくてもよかったのです。
　ライオンのビリーのおはなしはこれでおしまい、ビリーはもういません、どこにも、ここにもあそこにも、あそこにもここにも。ビリーはどこにもいません。
　ビリー・ザ・ライオンのおはなしはこれでおしまい。

13
A CHAIR ON THE MOUNTAIN
山の上のイス

　ほんものの山は青いのです。
　山は青いとローズは知っていました、青い山はブルーマウンテン、そしてブルーはローズの好きな色でした。山は青くて、ずうっと遠くにあったり、近くにあったりして、ちょうど雨が降ってきたり、またどこかへいってしまったりするのに似ています。雨は降ってきては、またどこかへいってしまいます、雨とはそういうものでした。
　ローズはよく山を眺めていったものです、まあ、ほんとに青いのね。
　ある日、近くで見たら、山がくっきり見えました。
　そのとき、ローズはこういえばよかったのです。
　こういったの、それはね。

山は高い、
空はもっと高い　雨にとどきそうなくらい、
山はくっきり　山は青い
ほんとうよ　ブルーマウンテン
山がひとつ　山がふたつ　山がみっっ　そしてよっつ
山がいくつかあったら　もっと山がある
ここからだってわかるわ

　ローズは毎日校門をくぐるとき、そういっていました。
　ローズはそこにある学校にいました。
　学校から山が見えて、山は青く、まあ、ほんとうに青々していて、
高級なブルー、上品なブルー、まさにブルーマウンテンそのものでし
た。
　それからローズはかんがえはじめました。こうしてなんでもすぐかん
がえはじめるのが、ローズのおもしろいところです。ローズはおと
うさんのボブによくいったものでした、おとうさん、わたしこまっちゃっ
てるの、犬のラヴが呼んでもこないの。
　ローズはいつもかんがえていました。バラの花なんていう名前の女
の子がいたら、だれだってついかんがえてしまいますよね。ブルーな
んていう名前のひとはいません、どうしていないのかしら？　ローズ
はそれについてはかんがえてもみませんでした。いろんなことをかん
がえたけれど、そのことは思ってもみませんでした。
　でも山については、ええ、山と色の青のことはかんがえました、
もしも山が青かったら、そして鳥の羽根みたいにフワフワした雲が
山の上にかかっていたら、そこにちいさい鳥が1羽、ちいさい鳥が2
羽、3羽、4羽、6羽、7羽、10羽、17羽、30羽、40羽と
飛んできて、それから大きな鳥が1羽飛んできて、ちいさい鳥がいっ

ぱい飛んでいて、その鳥たちは大きな鳥よりも高いところを飛んでいて、そのうち1羽、2羽、5羽、やがて50羽ものむれになって大きな鳥のあたまをつついたら、大きな鳥はゆっくりと谷間に落ちていくでしょう、そしてちいさい鳥たちはみんな巣に帰ります。大きな鳥を追いはらって、巣に帰っていくのです。

　ローズがかんがえているときって、どういうふうにかんがえると思う？　ローズがかんがえているときは、目もあたまも口も手もぐるぐるはたらかせているの、かんがえているときローズはぐるぐるまるくなって、なにかをきいたりかんがえたりするのをやめるために、歌をうたいます。

　ローズは山の歌をうたいました。

　こういう歌です。

　　　大好きな山さん　　高い山　　ほんものの山
　　　青い山　　ブルーマウンテン
　　　そう　高い山　あらゆる山　わたしの山、
　　　わたし　イスをもってのぼるわ
　　　そこについたら　山さん
　　　わたし　そこで　かんがえごとをするの
　　　山がそんなに高いなら、空なんかこわくない
　　　そう　お山さん
　　　いいえ　山さん
　　　わたし　のぼるわね

目にはなみだがうかんでいました。

　　　そう、山さん、わたしのぼるわね

45

そういって顔をあげると、 山の上のほうが目に入りました、 そこに
は草があって、 草原は山のてっぺんまでずっとつづいています、 あの
てっぺんに、 そう、 あそこにイスをおいてすわっちゃおう、 ローズは
このかんがえが気に入りました、 そう、 あそこにイスをおいて世界を
ながめるの、 あそこでイスにすわるの、 あそこに。
　ローズはそうしました、 どういうふうにしたと思う？　たったひと
りでしたのです。 ローズとイスはあそこに、 あそこにのぼったの、 で
もそこに青はなかったのです、 そこはなにもかも緑で、 草も木も岩
も緑色をしていて、 そこに青い色はありませんでした、 ローズの好き
な色はブルーなのにね。

14
THE GOING UP WITH THE CHAIR
イスをもって山にのぼる

　まずどんなイスをもっていくかをはじめに決めなくちゃ。キャンプ用の折りたたみイスは運びやすいけど、あんまりぱっとしないし。
　山のてっぺんでカッコよく見えるイス、そしてすわりごこちのいいイスがいいな、いったんてっぺんにたどりついたらずっとすわっているつもりだし、雨が降ってもだいじょうぶなのじゃないとダメ、雲は雨のかたまりだし、山のてっぺんは雲だらけだから。どんなにいっしょうけんめいかんがえたって、もっといいのがあるに決まっているけど、たかがイス、されどイス、イスはだいじだからよくかんがえなくちゃ。

山のてっぺんまでのぼるには、　一日じゅうのぼりつづけなければ
なりません、　でもどんなにがんばってもそれはムリね、とローズは思
いました。　これからのぼる山の名前さえ知りません、　いい名前にち
がいないけど、　どんな名前だって、名前はあるだけでいい名前です、
その山には名前がなかったのかもしれないけれど、　ただの山だってい
い名前です。名前のない山のてっぺんにイスをおいちゃうなんて、　す
てきでしょう？

　こんなふうに名前のことをかんがえていたら、　ローズはすごくふし
ぎな気がしてきました、　ふしぎなきもちでいっぱいになりました。
　好きな色がブルーでも
　ローズはバラの花なの？
　青鼻のピエロはたまにいるけど、鼻は花じゃなくて、　青いバラは
奇跡のようなもの、でもローズはバラの花で、好きな色はブルーです。
　そろそろどうするか決めなくちゃ。
　あそこにもっていくイスはグリーンがいいかな、　ブルーがいいかな
　あそこってどこ？
　空にとどきそうな高い山の上
　ローズはそこでイスにすわります
　だけど、　いつもおぼえておいてね、　だれがなんといっても、　世界
はまるいってこと。わすれないでね。
　そんなこんなでローズは大いそがしでした、　イスの色を決めるほ
かにもたくさんやることがあったのです。
　142という数字のことをかんがえるとか。なんのために？
　数字をまるめてキリのいい数にするの。
　ローズが選んだのはブルーのイスでした。
　遠い道のりでした
　だから

朝から夕方までかかってもたどりつきませんでした。

夕方からつぎの朝までかけてのぼったら、やっとたどりつきました、ローズとブルーのイスはたどりつきました。

15
THE TRIP
道のり

その道のりは気楽なハイキングとはちがいました、ブルーのイスをかかえて、危険が髪の毛１本くらいのきわどさでせまってきたときにはイスをしっかりつかんで、ローズはびくびくしっぱなしでした。

16
THIS WAS HER TRIP
ローズの旅立ち

　ローズは決めました、ブルーのイスに決めました、ローズが選んだのはブルーのガーデンチェアでした、これなら運んでいくあいだに引っかき傷ができる心配もないし、雨に降られたり夜つゆにぬれてもだいじょうぶです。

ローズは朝早くでかけたので、だれも見ていませんでした、イスを両うででかかえて出発しました、山は高く、空も高く、地球はまるく、山道は山のような曲線をえがいていました、ローズはそこをのぼっていきました、山は大きくなったりしないのにやっぱり長い道のりで、雪がつもっていなくても、山のぼりはやっぱりたいへんでした。ああたいへん。

　さて、そろそろいきましょうか、とローズは歩いていきながら自分にいいました、だれもいきたいひとなんていない、でもいくなというひともいなかったから、ローズはいくことにしました、だれかがとめてもやっぱりいったでしょうね。

　ローズが朝早く出発したことは、さっき話したでしょう？

　鳥たちがめざめはじめ

　飛びながらキイキイ鳴いているのがきこえます。

　それでいとこのウィリーのことを思ったけれど、そんなことはなんのたすけにもなりません。

　ブルーのガーデンチェアには、たよりになるひじかけがついていたかしら、ついていなかったかしら、どっちかな？

17
UP THE HILL
山道をのぼる

　山道は山にある、ウシはうしろにいる、
発熱は熱がでる、それでローズはどこにいるの？
　ローズはブルーのガーデンチェアをかかえて山をのぼっています、こころぼそくて不安でいっぱいになりながら。だって、寒くて元気がでなかったり、熱くてなかなかさめなかったり、白が青にならなかっ

たり、赤すぎていっしょになれなかったり、そんなときイスは話し相手にはなってくれません。ああウィリー、と声にだしてみたけれど、ウィリーはいないし、ただ音がして、音がしたと思ったら目玉があって、目玉があったと思ったらしっぽが見えて、ローズはこわくて泣きだしました、えーん、死にたくないよう、死んだら服はぼろぼろ、ブラックベリーは黒、ブルーベリーは青、いちごは赤、ローズちゃんもぼろぼろ、とローズはローズにいいました、これぜんぶほんとうです。ローズはイスにすわりたかったけれど、すわったらもうてっぺんについたみたいだし、山全体がどれくらい高いかも見えていないのに、でもローズは知っていました、ええ、ちゃんとわかっていました、鳥が飛んでいってもローズは飛べないし、うたったり泣いたりもできません、だってまわりでたくさんのことが起こっている、そのまっただなかにローズはいたから、思うようにうごけなくて、ほとんどうごけなくて、イスはうごかないし、ローズも足がふるえてうごけないし、下に降りていくこともできないし、だって下にいくといってもどこにいくかわからないし、ここから落ちたらどうなるかもわからない、のぼるといったらあそこにいくに決まっているけど、それでローズはどこにいるの？ そこにいました、ほんとにそこにしゃがみこんでいたのです、まったくうごけなくなってるんじゃなくて、でもほとんどうごけなくて、ほんとにもうちょっとでうごけなくなるところでした。すべてははじまっていたのです、もしもここが山でなかったら、もしもここにイスがなかったら、ローズはとっくに投げだしていたでしょう。でもローズは走りだしませんでした、逃げだしたりしませんでした、あき缶なんかありませんでした、おなかがすいていたわけじゃありませんでした、いや、そういうはなしじゃなくて、でもなにもかもがローズを思いとどまらせたのです、そうはいっても、ずっとそこにいたらこわいでしょう、4本足のイスは人間みたいになれるの？ オネガイ、ワタ

シノ大好キナイスサン、オトモダチニナッテネ、ソシタラワタシコワ
クナイカラ、とローズは自分の髪の毛を見ないようにしていいました。
危険が髪の毛1本くらいのきわどさでせまってきたときのことを思い
ださないようにしながら、オネガイ、イスさん、とつぶやきました。たっ
たひとりでブルーのガーデンチェアひとつだけもって、山にのぼろう
なんて思ったのがいけなかったのです、そこには山にあるものはなん
でもありました。山でうごいているものといえば、水でしょう、鳥で
しょう、ネズミでしょう、ヘビでしょう、トカゲにネコにウシでしょう、
木立でしょう、それから引っかき傷に、棒きれに、ハエやハチ、で
もイスをかかえたローズはかけだしたりできませんでした、ローズは
まわりを見ないようにして、ただひたすらのぼっていくことしかできま
せんでした。
　ローズはそうしました。

18
DAY AND NIGHT
昼と夜

　ローズが大きな声をあげたのを、いとこのウィリーがきいたような気がしたけど、気のせいかな、それとも夢を見ていたの？
　ローズはイスを抱きかかえるようにしてねむっていました。
　ローズはイスを引きずったりせず、両うででかかえて運んでいきました、杖みたいによりかかったりしながら、どんどんのぼっていきました、あたりはなにもうごく気配はなく、しーんとしていました、そのときトゥルルルというような音がきこえて、ローズはかたときもじっとしていないウィリーとライオンのビリーかな、と思ったけれど、まさか、そんなことはぜったいありえなくて、でもたしかになにかうごいて

いました、もしかしてあぶらかな。ランプを燃やすときにあぶらはトゥ
ルルルというような音がするから、でもあぶらはじっとしているし、い
とこのウィリーのライオンみたいなにおいがします。山をのぼっている
といろんなことが起こります。山はただの坂道よりずっとたいへん。
さあ、のぼりつづけましょう。

19

THE NIGHT
その夜

　ローズはにおいをかぎながら、ハアハアと息をして、押したり、
突いたり、ころがったりしながら、ときにはただゴロゴロころがった
りしながら進んでいきました。山道にあるものはなにもかもがうごい
ていました、岩がころがり落ちてきて、石はひっくり返って、小枝は
ぶつかってくるし、木々は成長しているし、花はうつくしさをみせび
らかして咲いているし、動物はギラギラしています、動物の目玉が
ギラギラ、おやおや、いたるところにギラギラ目玉、ローズはそうい
うところにいました、ブルーのガーデンチェアひとつだけをおともに。
　1秒になるのに何分がめぐるの、1分になるのに何時間がめぐる
の、1時間になるのに何日がめぐるの、1日になるのに夜がいくつめ
ぐるの、それでローズは見つかったの？　ローズはまいごになったり
していません、それになにもかもがぐるぐるまわっていたら、まいご
のローズを見つけるなんてできっこないでしょう。

56

20
THE NIGHT
その夜

　あたりはすっかりバラ色でした、高い山はこんなふうに赤くそまる
ことがあります、それでもローズの好きな色はブルーでした。
　そういえば、こんなはなしもきいたことがあります、
　あかね色の夕方は船乗りにラッキー
　朝のあかね色は船乗りへの注意信号、
　そのあかね色はバラ色だったの、それともただの赤？

ローズがいいました

朝なの、夕方なの？

わたし起きてるの、ねむっているの、

　船乗りはそんな言い伝えなんか知らないだろうから、だれかにおしえてもらったんでしょう。

　ローズはむかしきいたことをあれこれ思いだしていました、鳥のことじゃなくて、クモのことです、

　夜のクモはラッキー、朝のクモは危険信号、

　それからテーブルの上に靴をおいたらわるいことがおこる、というのもあったっけ、でもここにはテーブルなんかないし、こんな高い山の上で、くつを脱ぐなんてムリです、青空が灰色になって、だんだん妙な暗さになっていって、ローズは月のことを思いだしました、新月をガラスごしに見るとわるいことは起こらない、というのです、でもローズがこわくなりそうになったとき、いままで一度も月なんか気にかけたこともなかったから、いまさらどんな月をどう見ようと、それがどうだというのでしょう。まだまだあります。

　夜に白ネコを見たらわるいことがおこる、とてもわるいことがおこる、オソロシイオソロシイ、ああオソロシイというのを思いだして、もうちょっとで泣きだすところでした、いいえ、ローズはうたわないと泣かないからほんとに泣くわけじゃなかっただろうし、山のぼりには集中力がいるからうたうどころではないし、でも白ネコを見たらイッカンノオワリです、すべておしまい、どうすることもできません。じゃあ黒ネコはどうかというと、黒ネコが道をよこぎったり、家のなかに入ってきたりしたらとてもいいことがあるといいます、黒ネコは運がよくなるのです、そうしてなにもかもよくなったら、ローズはくじけることなく、山に打ち勝つことができます。

　ちょうどそのとき、囲いだか、オリだか、もしかしたら山小屋か、

58

しかしとにかく、いえ、こんなときにしかしはヘンですね、とにかくなにかそんなふうに見えたところにネコのすがたがありました、黒ネコでした、黒ネコは道をよこぎるとすぐに走って消えてしまいました、ローズはそのときヒバリのようにうれしくなって、ブルーのガーデンチェアをひしと抱きしめました。

　ひょっとしたらあれは黒ネコじゃなくて黒い髪の男の子だったのかも、男の子ならいっしょにあそべるのにな、とローズは思いました、ローズはちっちゃい男の子とあそぶのが好きでした、ちょっぴりおバカさんだけどウィリーという名前のいとこがいたから。ローズは思いました、山のてっぺんじゃなくて、そこにウィリーがいてくれたら、ちょっとくらいおバカさんでもかまわないのに、って。

21
NIGHT
夜

　夜です、ローズはほんとうにねむっているわけではありませんでした、それにしてもウィリーはいなくてもよかったけど、ウィリーが、ローズのいない１日なんてつまんないな、って歌をうたっているかもしれないなんて、どうして思ったのかしら？　そう思ったとたん、イスが手からすべって、もう少しでコロコロリンと下にころがり落ちるところでした、上にはころがり落ちませんよね。それにウィリーはこんなところにきたくないでしょう。そうかしら？　ウィリーって、なにかをしようとするきもち、っていう意味なのにね。

　それでローズはさらにのぼりつづけました。

　いまはすっかり夜、星がキラキラまたたいていました、星がまたたくとじきに雨になる、ということを思いだしました、雨にぬれてもだいじょうぶなイスだけど、ぬれてピカピカ光るのはイヤでした。ああ、あーあ、黒ネコさんはどこにいってしまったの、ひとりぼっちでこんな遠いところにいたら、なんだってすぐに信じてしまいそう。

22
ROSE SAW IT CLOSE
ローズは近くで見た

　ローズが近くで見たものはなんだったでしょう、ローズにもなんだったのかよくわからなかったけど、そのほうがよかったの、だってころんだとき見たものを口にしたら、わあ、わあ。かわいそうなローズちゃん。ローズはすごく近くで見てしまったのです。あの場所にはいたくない、イスさん、はやくどこかにいきましょう、あそこだけはイヤ。

　ローズとイスは暗いなかをのぼりつづけました、明るくなくても、そこそこ暗かったというくらい、だいじょうぶ、だいじょうぶ、もちろんだいじょうぶ、ただの夜です、それだけ、ただの暗やみでした。

23
NIGHT
夜

水はなにをするの？
水は落ちます。

水は上にあがっていくこともあれば、下に落ちてくることもあります、上にあがるのはつゆになって蒸発するとき、下に落ちるのは滝です、ローズでもそれくらいは知っていました、ローズは水のことはだいたい知っていました、かぞえあげるとたくさんあります、つゆ、湖、川、海、きり、それに滝、ローズがそれをきいたのは夜でした、ローズにはきこえました、きこえてきたのは小鳥のさえずり、それからちいさな水音、みっつめは？　海ウソ、ウソウソ、カワウソでした、茶色のカワウソ、胴長のカワウソ、ローズはいいました、カワウソさん、カワウソさん、あなたのことはこわくないわ。

　ローズはすっかりおびえていました、ローズとブルーのガーデンチェア、カワウソは茶色、もしカワウソがブルーだったらローズはもっと好きになったかもしれません、それから滝、滝、滝、滝は雲をよび雨を降らせるドラゴン、滝は水でいっぱいです。ローズは滝のうしろにブルーのガーデンチェアをおけるかどうか見にいきました。高いところから落ちてくる滝のうしろにはきまって場所があるものです、この滝は夜でも高いところから落ちてきていました。

　滝のうしろにまわってみるとまっ暗でした、滝の正面よりもっと暗いところにローズはイスをおきました、そして見ました、よくわからなかったけれど、滝のうしろに見えました、そこは暗かったけれどたしかに見ました。3回くりかえして書いてありました、なんて書いてあったと思う？　まるでイスの上に筆で書いたみたいな文字で、なんと、悪魔、悪魔、悪魔、と3回も悪魔と書いてあったのです。そこには悪魔なんかいません、もちろん悪魔なんかいません、悪魔なんかどこにもいるはずありません、悪魔、悪魔、悪魔って、いったいどこに？　だってほらそこに、どこ？　イスのあるあたりに、大きくはっきりと黒い字で書いてありました。

　あらまあ、ローズはブルーのガーデンチェアをもっててできました、

滝のうしろにすわるなんてやーめた。水が落ちてくるのはもうたくさん、シャワーじゃあるまいし、でもそこにはシャワーなんかなくて、ただ字が書いてあるだけでした。ローズは字が読めたからいけなかったのね、字が読めなければ悪魔って3回書いてあるなんてわからないままだったのに。もっとちいさいころは字が読めなかったけど、ローズはいま9才なので読めました。ああたいへん。

それでローズとイスはそこからはなれて、もう二度と、けっしてそこには近づきませんでした、それから水が落ちてくるところにもぜったいいきませんでした、水道にさえ近づきませんでした、かわいそうなローズ、大好きなローズ、いとしいローズ、たったひとりのローズ、かわいそうにローズにはブルーのガーデンチェアひとつきりしかありませんでした。

それからローズはもっともっともっとのぼっていきました、まばたきすると星がチカチカまたたきました、ローズはほかのことをかんがえようとしました。そうじゃないとアレを見てしまったことを、悪魔がそこらをうろうろぐるぐる、ぐるぐるうろうろしているのを思いだすでしょう、ああいやだ、ペペのことでもかんがえる？　いとこのウィリーのことはかんがえちゃダメ、ウィリーはぐるぐるまわるから、だって世界をぐるぐるかけまわるでしょう、それからブルーのガーデンチェアのこともかんがえちゃダメ、すわるところがまるいから、ぐるぐるまわってしまうかも、でもペペは、ローズをかんだ小犬のペペはまるくありません、目はまるいけれど、歯はまるくありません、あの歯でガブリとやられたんだから、ああ、そういえば、こんなはなしをきいたことがあります、ペペのような小犬がたくさんいると、ちいさいロバのうしろ足にかみつくのですって、するとちいさいロバはすっころばって、犬はそのロバを食べてしまうのですって、ペペみたいなチビ犬でもロバを食べるとボールみたいにまんまるになってしまうのかしら、

それから月も、しずむときは平らに見えるけど、ちょっぴりまるいでしょう？　月には女の子がいるように見えます、半分ねているみたいで、髪の毛がバラバラとゆれていて、でもあの子はイスをもっていません、あそこにイスはありません。

　山っていったいどういうところでしょう、けわしくて、斜面は切りたっていて、青々としていて、さあ、オイッチニ、オイッチニ、ローズちゃんのぼりなさい、力いっぱい、自分ひとりでのぼりなさい、オンドリが鳴いて夜明けの時を知らせるころだけど、そこにはオンドリもメンドリもドードー鳥もいません、ガラスペンもありません、ローズただひとりだけ、ローズ、ローズ、ローズ！　あっ、そしてとつぜんわかりました、ROSE（ローズ）っていう字のなかには〇があって、〇はまるいってこと、まあ、まるくおさまります。

24
THE MORNING
朝

　ローズはバラです、スイレンじゃなくて、マリーゴールドでもなくて（あれは黄色だっけ）、ツバキでもアネモネでもなくて、ローズはバラでした、それじゃローズ、そろそろ起きてよ、ローズちゃん、でもローズはほんとうはねむっていませんでした、そうだったの？　日が昇るまえに夜が明けます、夜明けは走るのにふさわしい時間です、日が

昇るまえに走るのはらくだから、ローズは走りました。引っかき傷が
できるようなヤブのなかじゃなくて、木の実をつけた木立のなかを走
りました、すてきでした、だれだってきっとこういうのが好きでしょう、
ローズも好きでした。

　それにしてもすごい、あんなにたくさんの木があそこにあるなんて、
ぜんぶでいったい何本ぐらいの木があるの？　そのときそこにはたく
さんの木がありました、木のまわりをぐるっと一周すると、木の幹が
まるいのがわかります、でも木は空に向かってまっすぐ伸びていて、
上にはまるくありません。ローズはほっと大きなため息をついて、イ
スをもちあげました、やっとここまでたどりつけたこと、自分がいま
ここにいることが、もうちょっとでうれしくなるところでした。

25

THE TREES AND THE ROCKS UNDER THEM
木立と石ころ

　夜明けはバラ色ではないけれど、なかなかきもちのいいものです、
森のなかではほんとうにそう、むかしのひとは森のことを〈びんぼう
人のコート〉なんていったりしたけど、ほんとうにそうです、だって森
のなかには雨は降りこんでこないし、日の光もさしてきません、雪も
舞ってこないし、ほこりだって落ちてきません、かさなりあった木の
葉のあいだを落ちてくるにはなんであれ、かなりの量がひつようです、
ここはそういうところでした、ローズは自分がそういうところにいると
わかって、朝がまだ朝になるまえのはやい時間だったので歌をうた

おうと思いました、こんな森の木立のなかで歌をうたったら、どん
なにきもちがいいでしょう、石ころや葉っぱや木の実やキノコぐらい
はあるかもしれないけれど、ほんとうにほかにはなにもなさそうだし、
だからローズはうたおうと思いました、ブルーのガーデンチェアといっ
しょにうたうのです。でもローズはいつものようにうたいだすとすぐに
泣きだしてしまうでしょう、どれだけ泣かないようにしようとしても、
うたいはじめるとなみだがでてくるのです。ローズは森のなかにいま
した、テントのようにおおいかぶさる森のなかにあるのは、ブルーの
ガーデンチェアひとつだけ、だから歌をうたってみるとか、なんでも
いいからしゃべってみるとか、なにかかんがえるひつようがありまし
た。そう、森のなかにたったひとりでいると、いくらその森がうつく
しくても、あたたかくても、たよりになるブルーのガーデンチェアがあっ
ても、うたったりしゃべったりしているのがいくら自分でも、なんであ
れきこえるのが自分の声でも、たったひとりでいるときに自分の声が
きこえてくるのはこわいものです。

26
ROSE DOES SOMETHING
ローズのしたこと

　だからローズはうたいませんでした、そのかわりなにかほかのことをしなくちゃ。

　で、なにをしたと思う？　ローズはにっこりしました、にっこりしながらずっとのぼっていきました、階段をのぼるみたいにじゃなくて、少しずつゆるゆると高くなっているところをのぼっていきました、する

とみごとな木が1本ありました、幹がきれいにまるくなっていて、ロー
ズはそこに、バラはバラはバラ、と彫ろうと思いました、ほかのど
こでもないそこは、こわくなるような声がきこえないところでした。

　そしてもっと高いところがいいと思って、ブルーのガーデンチェア
にのぼって手がとどく、いちばん高いところに文字をきざむことにし
ました。

　ローズは羽根ペンをけずるためのちいさなペンナイフをとりだし
て、ガラスペンも、メンドリの羽根ペンも、インクも、バラ色ピンク
のものも、なにひとつもっていなかったけれど、そのままイスの上に
のぼって、あまり音を立てないようにしながら、木の幹にぐるっと、
バラはバラはバラはバラはバラ、と彫っていきました。うまく一周し
ないかもしれない、ってローズがひとりごとをいったのがきこえた？
でもだいじょうぶ、ちゃんと一周するはずです。それでローズははじ
めました。

　木のそばにブルーのガーデンチェアをおいて、その上にのぼったら、
自分のイスなのに胸がドキドキしました、ううん、イスのせいじゃな
くて、ペンナイフで自分の名前を彫ることにドキドキしたのです、お
かげでなんどもイスからころげ落ちそうになりました。

　木の皮に名前をきざむのはなかなかたいへんです、バラをアルファ
ベットでつづるとROSE（ローズ）で、RやOやSやEの文字のまる
いところはとくにほねがおれます。

　ローズは夜が明けるのもわすれて、バラ色の夜明けのこともわす
れて、日が昇るのもわすれて、そこにひとりぼっちだということもわ
すれて、バラはバラはバラはバラのRやOやSやEのカーブをていね
いに彫っていきました。

　はじめのひと文字を彫るとナイフの切れ味がにぶったので、貝が
らか石をひろって刃先をガリガリ研いでとがらせたら、ナイフがもう

切れなくちゃった、とブツブツいうまえみたいに、またよく切れるようになるんじゃないかと思って、ローズはイスから降りたりまたのぼったり、石をさがしたりを、なん度もなん度もくりかえしました、そしてとうとう夜が明けたのか、日が昇ったのか、とにかく、はじめよりだいぶはかどって、最後のバラの文字を彫っているとき、もうひと息で完成というところでふっと横を見ると、わあ、びっくり！　ローズの目はまんまるくなって、口もまんまるくなって、もうちょっとで口から歌がとびだすところでした、だってすぐそばの木にだれかがもう名前を彫っていたのです、その名前というのがまたびっくり、自分とおんなじローズという名前で、その下にはウィリー、ウィリーの下にはビリーの名前がありました。

　ローズはすごくふしぎな気がしました、ほんとにふしぎです。

27

ROSE AND THE BELL
ローズと鐘の音

　ローズはどんどんのぼりつづけて、夜なのか昼なのかもはっきりわからないくらいでした、でも夜じゃなくて昼だと知っていました、とても明るかったからです、でも夜だったかもしれません。どっちかな？ともあれ、ローズはイスといっしょにのぼりつづけました、そしてもうちょっとでたどりつくと思ったとき、ローズはころんだの？　そうじゃなくて、鐘の音がきこえたような気がしました、チリーンっていう音が、はっきりきこえました、石がころがってきてガーデンチェアにぶ

つかった音？　それともガーデンチェアがなにかにぶつかった音？
あるいはスズをつけたネコかスズをつけたウシ、それかヒツジか鳥
か、はたまた低いところを飛んでいるカラスを追いかけている小犬
か、もしかしたら電話？　まさか、それはないでしょうけど、夕ごは
んを知らせるベルかもしれないし、スズやチャイムなんかじゃなくて、
ただのさけび声かもしれない、それかトカゲやカエルの鳴き声とか、
ひょっとしたら丸太が岩の上をゴロゴロころがっていって水のなかに
ドボーン、いいえ、あれはたしかに鐘の音でした。でも、じゃあどうやっ
て鐘の音が鐘の音ってわかるの？

　まったくふしぎなことがたくさんあるものです、あれはただ銀貨が
落ちる音だったのかもしれません、とにかくローズはそこで鐘の音を
たしかにきいたと思ったのです。ほんとうに鐘の音だったのでしょう
か？　もし鐘の音をきいたと思っても、それが鐘の音だとどうしてわ
かるの？　音が近づいてきたのか、それともローズのほうから音に
近づいていったのか、もしかしたらあれはただのカミナリの音だった
のかも？

　あたりはお日さまがキラキラ、鐘が鳴り、木立はだんだんまばら
になり、緑がかがやいてきました。ちょっとローズ、ローズちゃん？
ローズは思いだしていました。たしかにそういうふうだったのです。
ローズはちょっぴりさみしくなりました、それまではのぼるのにせい
いっぱいだったけれど、いまはいろんな音がきこえてきて、ちょっぴ
りさみしくなりました。

　ローズはちょっぴりさみしくなりました、ブルーのガーデンチェア
はいっしょだったけれど。でもちょっぴりさみしかった。

28
ROSE AND THE BELL
ローズと鐘の音

　鐘は鳴っているのに、歌声はありませんでした、ローズはのぼりつづけていました。やがて木立をぬけると、ひろびろとした緑の草原がてっぺんまでつづいているのが見えました、緑の草原のまんなかはあざやかな若草色で、そのずっと上のほうにちいさな黒い犬が1匹、犬がよくするしぐさでしっぽをふっていました。

　おお、とローズは声をあげて、しゃがみこみそうになりました。のぼりはじめてからいろんな言葉があたまにうかんだけれど、声にだしたのはこれが最初でした。おお、というとき口はまんまる。ローズはのぼりだしてからはじめて、つぎになにをしたらいいかわからなくなってしまいました。

29

ONCE UPON A TIME
あるとき

　むかしあるとき、どの山のてっぺんにも草のはえた草原がありました。山の上は岩だらけと思うかもしれないけれど、そこにはかならず草がはえていました、草は気品があって見た目もさわやかです。
　草はいつもとても気品があって、岩や木よりも品がよく、木も品がいいし岩も品がいいけれど、草はもっとずっと気品があります。
　そしてここのずっと上のほうには草がはえていて、それがずうっと

つづいていて、そこをどんどんのぼっていくのは、岩の上や木の下を
のぼっていくよりずっとたいへんでした。

　ブルーのガーデンチェアをかかえて坂になった草原を高いところま
で運んでいくのは、岩の上を歩くよりもっとたいへんでした、その日
はとてもたいへんな1日でした、ローズはそういうふうにしてのぼって
いきました。

　てっぺんまでのぼりきるしかありません、ほかにどうしようもあり
ません、最後までのぼりきって、イスにすわるのです。

　草の上を歩いていると、自分がどこにいるかわからなくなります。
え、なにかいった？　草はなにもいいません、緑色のものはおしゃ
べりじゃないのです。

　だからローズはずっとブルーが好きでした。

30
THE GREEN GRASS MEADOW
緑の草原

　ローズはいま、てっぺんまでつづく緑の草原をのぼってのぼっての
ぼっているところでした。ひとこともしゃべらずひたすらのぼってい
きました。暑い日で、緑の草原も焼けるように熱く、草の下には地
面があって、その土のなかにそれはありました、あらいやだ、もうちょっ
とでふんづけるところでした、そこにはまるいものがありました。

　ローズには勇気がありました、どこにいても、あそこに向かっての
ぼっていく勇気がありました。

31

THE LAST HOUR

もうちょっと

　もうすぐたどりつきそうだけど、もうちょっとだからと一気にかけあがれるほど近くはないときに、のぼりつづけるのはとてもたいへんです。ローズの道のりはそういうところにさしかかっていました、あそこまでのぼりつづけることはもうできそうにありませんでした。アソコッテドコノコト？　ローズはもうちょっとで声にだすところでした、イスに向かってひとりごとをつぶやいてしまうところでした。アソコッテドコ、ドコナノ？

　それでもローズはのぼりつづけました、草はだんだんみじかくなり、坂はますます急になり、ブルーのガーデンチェアはもっと青くなり重くなって、雲はだんだん近くなりました、それでもてっぺんはまだまだです、だってあんまり近づきすぎて、てっぺんがどの方向にあるの

かわからないし、こっちにいけばてっぺんはあっちに見えるし、見え
るはずのものが見えないかもしれないってこと？　あれ、あれれれ、
ローズはなにを見たの？　ローズは見ました、あまりにおそろしくて
目がまんまるくなりました、手でぎゅっとイスをつかむと、緑の草原
はとつぜんブルーになりました、1は2になり、3は4になるとロー
ズは知っていたけれど、もう二度と、二度とローズがくぐりぬけなけ
ればならないドアはないの？

　つまずくところげ落ちます、つまずいたらころげ上がるのではなく
てころげ落ちます、でもローズはそんなふうにはなりませんでした、
そうならないように1、2、1、2……　オイッチニ、オイッチニ、と
しっかり数えていなくちゃ、と自分にいいきかせました。

　目をつぶってオイッチニと数え、目をあけてオイッチニと数えると、
緑の草原はもはやブルーではなくなっていました。そしてローズはオ
イッチニ、オイッチニと数えつづけ、自分がいまオイッチニ、オイ
ッチニと数えていることをかんがえました、名前はローズだけど目の色
はブルーでした。名前はバラ色ピンクでも目の色はブルー。ブルー
が好きだったのは目の色が青かったからです。ローズの目はふたつ
あってふたつともブルーでした、オイッチニ、オイッチニ。

　するとすぐに緑でもブルーでもないものが見えました、スミレ色や
ほかの色もあって、とても高いところに、空とおんなじくらい高くて
泣きそうなくらい高いところに虹がかかっていました。まあそう、ま
あウソみたい、虹だなんて。

　ローズは虹のアーチを、その真下をくぐりました、虹はくぐるもの
だと知っていたからそうしたのです。虹がそこにあったからくぐりぬ
けると、そこが山のてっぺんでした、ほかにてっぺんはありません、てっ
ぺんはイスひとつおけるくらいの広さで、ローズはそこにブルーのガー
デンチェアをおいてすわりました。ローズはやっとたどりつきました。

77

32
THERE
そこで

　ローズはたったひとりで世界のてっぺんにすわっていました、すわって歌をうたうことができました。
　こういう歌でした、
　はじまりはこうです。

　　　やっとたどりついたわたし
　　　食べたいものは
　　　ハムのごちそう
　　　ちいさな願いがかなうなら
　　　もっと早くつきたかった

そこでうたうのをやめて、ローズはしばらくじっとすわっていました、
イスからぜんぜん立ち上がらなかったというわけではないけれど、た
だそうしてすわっているだけでうれしかったのです。
　それからまたうたいました。

　見ていたものが見えたとき
　見ていたものがよくわかる
　いま、すわっているところも見えていた
　そう、わたしすわってるの

ここでローズはため息をつきました。

　そう、すわっているところが見えるの

ローズはまたため息をつきました。

　そう、見えるの
　いつつのリンゴが赤かった、
　ううん、あたまのなかで
　ううん、あたまのなかじゃなくて
　夢のなかで

そしてローズはまた最初からうたいはじめました。

　むかしリンゴは赤かった
　いろいろいったり、いわれたりしたけど
　リンゴは赤いの？

そういうだけなの
どっちをもってるか知っている

そこでやめてかんがえました
ローズはうたうのをやめてかんがえました、
わたしかんがえてるの、とローズはいって、イスの上でちょっともじもじしました。
ローズは山のてっぺんでたったひとり。
ワタシカンガエテルノ。
そういって、ローズはまたうたいはじめました。

　　わたしねむってるの、それともめざめてるの
　　バターがあるの、それともケーキ
　　わたしここにいるの、それともあそこ
　　イスはベッドなの、やっぱりイスなの
　　だれがどこにいるの？

ローズはつづきをうたいました。
あたりはだんだん暗くなりはじめて、ローズはつづきをうたいました。

　　ブルーの目をした　わたしはローズ
　　わたしはローズ、あなたはだあれ
　　わたしはローズ、うたうときも
　　いつものとおりローズなの

わたしローズなの、そういって、ローズはまたうたいはじめました。

わたしはローズ　でもバラの花じゃない
ひとりぼっち　でもまいごじゃない
わたしはローズ、わたしがローズなら
そうよ、ローズはローズなの

少し暗くなりました。
ローズはブルーのガーデンチェアにちゃんとすわりました。
ローズは山のてっぺんにいます。いま、まさにてっぺんにいます。
ローズはまたうたいはじめました。

むかしあるとき
イスはブルーだった
むかしあるとき
だれのイスがブルーだったか、わたし知っていた
わたしのイスがブルーなの
わたしだけが知ってたの
わたしのイスはブルーなの

ローズはうたいつづけ、あたりはますます暗くなっていきました。

むかしあるとき
近づいてはいけない小道があった
でもわたしは　近づいていった
いったの　いっちゃった
だからわたしはここにいるの
ここはそこ

ああ、そこはどこ
　　ああ、どこなの

ローズは泣きだしました。

　　ああ、そこはどこどこどこ
　　わたしはそこよ、ああそう、
　　わたしはそこよ
　　ああ、どこなの
　　そこはどこ

　あたりはもっと暗くなり、世界はますますまるくなり、ブルーのガー
デンチェアはますますしっかりして、ローズはもっとたしかに、ほか
のどこでもないそこにいました。ええ、そうです、たしかにそこにい
ました。
　ローズはもう一度うたいはじめました。

　　わたしがうたえば　輪のなかに
　　輪になって　ぐるぐるまわる
　　あたりは静か
　　道は白い
　　コショウは赤い、
　　わたしの犬をかわいがってね
　　ラヴ　ここにはいないわたしの犬

　えーん、とローズは泣き声をあげました。えーん、えーん、こん
なところにくるつもりじゃなかったのに、ひとばんじゅうここでひとり

ぼっちなんて、わたしすごくこわい。

　　　ああ、イスさん、大好きなイスさん
　　　大好きなブルーのしっかりしたイスさん
　　　わたしをちゃんとうけとめて
　　　力いっぱいすわるから

　あたりはもっともっと暗くなっていきました、月はでていなかった
けれど、ローズは月のことなんか気にもとめていませんでした、星は
たくさんでていました。でも星は星形じゃなくてただのまるだよ、っ
てだれかにきかされてから、星もローズのなぐさめにはなりませんで
した、ちょうどそのとき、ああ、まさにそのとき、なんなの？　ちょ
うどそのとき、ええ、まさにそのとき、そのとき。
　ちょうどそのとき、夜明けの時を知らせるオンドリがいたらよかっ
たのに、とローズは泣きじゃくりました。

33
A LIGHT
ひとすじの光

　夜でした、いったん夜になるとひとばんじゅう夜、夜とはそういうものでした、ひとばんじゅう夜でした。ローズはそのことを知っていました。知っていたからブルーのガーデンチェアの上にしっかりすわって、ギュッとイスにしがみついていました。
　するとちょうどそのとき、なにかがピカッと光りました、イナズマじゃない、月じゃない、星じゃない、流れ星でもない、カサでもない、暗やみに光るアイアイの目でもない、あら、あれは光、とても

まばゆい光でした。ずうっとむこうのあっちの山からぐるぐるまわって、ローズのまわりをぐるりとまわって照らされたサーチライト、その光はずうっとむこうの山からきていて、そんなことをするのはもちろんウィリーでした。いとこのウィリーがもうひとつの山のてっぺんにいて、あかりをぐるぐるまわしていたから、山は黒じゃなく緑に見え、空は黒じゃなく白に見えて、ローズは、ああローズはからだじゅうが背中までぽかぽかしてきました。

　ローズはうたいはじめました。

　　　山の上の男の子
　　　ウィリー、おう、ウィリーくん
　　　山の上の男の子
　　　希望とやる気はくじけない
　　　ウィリー、おう、ウィリーくん
　　　わたしはこっち、あなたはそっち、
　　　あたしはこっちで、こっちはあっち、
　　　あなたはあっち、そっちはこっち、
　　　山の上のウィリー、ウィリーくん
　　　ウィリー、ウィリー、ウィリーくん
　　　ウィリー、ウィリーくん

　おねがいね、とローズはうたいました。

　ローズは、ウィリー、おう、ウィリーくんの歌をうたって、えーん、えーん、と泣いて泣いて泣いて泣いて、サーチライトはぐるぐるぐるぐるまわりつづけました。

34
THE END
おしまい

　ウィリーとローズはどういうわけだか、いとこ同士ではないことがわかったのでめでたく結婚、子どもも生まれ、子どもといっしょに歌をうたい、ローズは歌をうたうとあいかわらず泣き、ウィリーはうたうとますます元気になり、みんなでしあわせにくらしました、そして世界はずっとまるいままでした。

世界の“あるところ”で
この本を読んだあなたへ

　『世界はまるい』は、ちいさな女の子ローズの物語です。第二次世界大戦がはじまる直前の1939年、ガートルード・スタイン（1874 ～ 1946）が、子どもたちへの贈りものとして書いた、ささやかな本です。

　ガートルード・スタインは、20世紀のはじめ、若い芸術家たちの首都として栄えたパリで、創作活動をしたアメリカの作家です。ドイツ系ユダヤ人の裕福な家庭に生まれた彼女は、アメリカの大学で心理学と医学を勉強したあと、30歳のときパリに渡り、秘書で女友だちのアリス・B・トクラスとふたり、パリに暮らしました。
　兄レオとともに、近代絵画をコレクションしていたスタインには、若い芸術家の友人がたくさんいて、壁いっぱいに絵が飾られた、フルリュース通り27番のスタインのアパルトマンは、ピカソやマチスのような画家や、詩人のアポリネール、作家のヘミングウェイなど、多くの芸術家たちが集まるサロンでした。
　パリの有名な書店、シェイクスピア・アンド・カンパニーの階段脇の壁には、スタインやヘミングウェイをはじめ、スコット・フィッツジェラルド、ジェイムス・ジョイスなど、パリのかがやかしい伝説をつくった作家たちの似顔絵が、尊敬と親しみをこめて描かれており、スタインの活躍した時代がしのばれます。

　毎年夏になると、スタインはトクラスとともに、南フランスのちいさ

な村にでかけました。 ラヴとペペにそっくりな2匹の犬もいっしょでした。 スタインはこの村で、 ローズのモデルになる女の子に出会います。 親しくしていた友人の家の子で、 この本のとびらに「フランスのバラである、 ローズ・ルーシー・ルネ・アンヌ・デギーに」と、 献辞がささげられている少女です。

『世界はまるい』が書かれたころ、スタインは64歳、ローズ・デギーはこの本のローズとおなじ9歳で、 クレメント・ハードの挿し絵のように、 すらりと手足がのびた女の子でした。

ローズはいつも考えています、 わたしはだあれ？ もし名前がローズじゃなかったら、 わたしはいまとおんなじローズだったかな、 もしわたしが双子だったら、 いまとおんなじローズだったかな？ いろんなことを考えて、 ローズは歌を歌います。 そして、歌うときまって泣きだします。

いとこのウィリーは、歌を歌っても泣きません。それどころか、歌うとワクワクして、ますます元気になります。 そして、名前がヘンリーだって、ぼくはウィリーと、 いいきることができます。

それでローズは、 自分をさがす旅にでることにしました。 大好きなブルーのライオンはいなかったけれど、 ブルーのガーデンチェアを抱えて、 ひとりで山にのぼるのです。 ちいさなローズには、 そうする勇気がありました。

ガートルード・スタインは、ことばの実験をした作家で、とても変わった文章の書き方をしました。 何度もおなじことばをくりかえしたり、 句読点をきらって、 ひとつの文がテン（英語ではカンマ「,」）なしに、えんえんと続いたかと思うと、 とつぜん調子が変わって、 詩のようにどんどん改行して、 文の終わりにもマル（英語ではピリオド「.」）が

なかったりします。原文の英語では、疑問文にもクエスチョンマーク「？」は使われていません。

　でも、何か考えているときや、おしゃべりしているときのことを思いだしてみてください。頭のなかで考えていることや、おしゃべりのリズム、気もちにはちゃんと流れがあって、自分のなかではイメージがどんどん広がっていきませんか？　あらたまって作文を書くのとはちがって、テンやマルが区切りというわけじゃなく、おなじことばをくりかえしたり、考えがメリーゴーランドのようにぐるぐるまわったりしながら、ずらずら続いていって、またふりだしにもどったりして。ときには、考えや話が別の方向にそれてしまって、「まあ、それはそれとして」なんて、もとの話にもどしたりしながら、思考やおしゃべりは続いていくものです。

　スタインは文章を書くとき、文法や意味よりも、そんな息づかいをたいせつにしたのです。ことばを枠にはめこむこと、ただの意味にしばられることを、なにより嫌ったのです。

　そうして書かれたことばに耳をすましていると、黄色いまるい桃の色やかたち、バラの花の香り、チリーンとなる鐘の音、草が足にふれる感じ、暗い山道をのぼっていくローズの感情の高まりや、月の光のまばゆさなどを、いきいきと心によびさますことができるでしょう。

　ガートルード・スタインは、絵を描くように、音楽を奏でるように、文章を書いた、ことばの芸術家だったのです。

　ローズは、スタインのもっとも有名な詩の一節、"Rose is a rose is a rose is a rose."（バラはバラはバラはバラ）を、祈りをこめて、まるい木の幹にきざみつけます。うまく一周しないかもしれない、と思ったけれど、すてきな輪になりました。

　こんなふうにくりかえすことで、「バラ」ということばのなかには、あ

なたが知っているより、もっとたくさんのバラの花が咲いているでしょう、そこには、もっとたくさんの驚きが秘められているでしょう、とスタインは、わたしたちに問いかけているのです。

　はじめの「読者のみなさんへ」のメッセージにあるように、この本はとにかく声にだして、たのしく読んでください。友だちどうしや大人の人と、かわるがわる読み合いをして、相手の読み方のリズムに耳をかたむけたり、ローズやウィリーの歌にメロディをつけて口ずさんでみたり、「バラはバラはバラはバラ」と呪文のように唱えてみたり、早口ことばのようにすばやく読んだり、書かれていることを声にだしてみると、スタインのことばの実験がよくわかって、いっそうおもしろいと思います。
　そんなふうにして、軽妙で、ユーモラスで、おちゃめで、ときに読者をからかうようにふざけたり、ちょっとこわかったり、そうかと思うと哲学的になったり、ふっとしんみりしたりする、ローズとスタインの"声"に耳をすませてみてください。

　　　　　　　　　　　　　　　　　　　　　　　　　みつじまちこ

『世界はまるい』ができるまで

　ガートルード・スタインの『世界はまるい』（*The World is Round*, 1939）。ピンクの紙にブルーの文字で印刷された、とびきりスタイリッシュで、たまらなくチャーミングな、このちいさな本が、80年も前にアメリカでつくられたということ。しかも、この本を編集したのが、世界中の子どもたちに愛されている名作絵本『おやすみなさい　おつきさま』（*Goodnight Moon*, 1942）の作者、マーガレット・ワイズ・ブラウンだということを知って、驚いた方も多いと思います。

　この魅力的な本は、いったいどのように誕生したのか。ガートルード・スタイン（1874 ～ 1946）、マーガレット・ワイズ・ブラウン（1910 ～ 1952）、そして、この『世界はまるい』と『おやすみなさい　おつきさま』の両方に挿し絵をつけている、画家のクレメント・ハード（1908 ～ 1988）を結ぶ、出会いの物語をひもといてみましょう。

　世界恐慌後の1930年代、ヨーロッパから大量の移民を受け入れて、多文化がひしめき合っていたニューヨークでは、児童図書館員と出版社が協力し合いながら、未来をになう子どもたちのための、すぐれた子どもの本が続々と出版されていました。とくに、1930年代から40年代にかけては、"アメリカ絵本の黄金時代"と呼ばれ、マンロー・リーフとロバート・ローソンによる『はなのすきなうし』（*The Story of Ferdinand*, 1936）、ルドウィッヒ・ベーメルマンスの『げんきなマドレーヌ』（*Madeline*, 1939）、ロバート・マックロスキーの『かもさんおとおり』（*Make Way for Ducklings*, 1941）、バージニア・リー・バートンの『ちいさいおうち』（*The Little House*, 1942）など、今日まで読みつがれる古典絵本が数多く誕生しています。

　マーガレット・ワイズ・ブラウンは、すぐれた絵本のテキスト作家として、この黄金時代をになったひとりでした。『ぼくにげちゃうよ』（*The Runaway Bunny*, 1937、クレメント・ハード絵）や、『おやすみなさいのほん』（*A Child's Good Night Book*, 1943、ジャン・シャロー絵）、『たいせつなこと』（*The Important Book*, 1949、レナード・ワイズガード絵）など、シンプルで美しい文を画家に提供し、「絵本のテキストを書くことを、アートにまで高めた最初の人」と評されています。

　ブラウンは、幼い子どものための本についてはっきりとした考えをもち、すべての感覚（五感）にアピールするものでなければならないという、哲学をつらぬいていました。この考えは、ニューヨークのグリニッチ・ビレッジにある、先進的なバンクストリート教育大学で培われたものでした。ここでは、付属の幼稚園で子どもを観察し、新しいタイプの絵本をつくるため

92

の実験がおこなわれていました。「幼い子どもたちは、従来のおとぎ話のような架空の世界よりも、自分たちが実際に生きている"いま、ここ（here and now）"の世界に興味を示す」という考え方にもとづいて、創作ワークショップなども開かれていました。

バンクストリートの創設者、ルーシー・スプラーグ・ミッチェル（1878 ～ 1967）は、若いマーガレット・ワイズ・ブラウンが、幼い子どもの関心事や心の動きについて、知りつくしていることをいち早く見抜き、彼女の才能をさらに育てるよう後押ししました。こうしてブラウンは、幼い子どものためのお話を書きはじめ、それを自分の天職と考えるようになったのです。

一方でブラウンは、1938 年に創業された新進気鋭の児童書出版社、ウィリアム・R・スコット社の初代編集長となり、エネルギッシュにその才能を発揮しました。この出版社は、バンクストリートの革新的な考えに共鳴し、"子どものための現代の絵本"をつくることをめざしていました。それは、子どもの感性と可能性をとことん信頼し、それにアピールするものを、最上のエンタテイメントとして届けるという、画期的な試みでもありました。

さて、"新しい絵本"の最初の何冊かが成功をおさめると、スコット社では、アメリカの現代作家に子どものためのお話を書き下ろしてもらおう、という意欲的な企画がもちあがりました。作家の候補は、ヘミングウェイ、スタインベック、そしてブラウンが学生時代から愛読し、あこがれていたガートルード・スタインでした。フランスで暮らしていたスタインからは、この依頼をよろこんで引き受ける、と返事が届きました。しかもすでに「世界はまるい」というお話が、ほとんど書きあがっている、というのです。

ほどなくして、フランスから届いた「世界はまるい」の手書き原稿を、ブラウンとスコット社の共同経営者、ウィリアム・スコットとジョン・マカルーが、ブラウンのアパートのキッチンテーブルで、声にだして輪読するシーンは感動的です。途中で電気が切れたため、ろうそくの灯りをともして、夕食をとることも忘れて、3 人は夜更けまで、ローズとウィリーのファニーな物語に興じました。翌朝、ウィリアム・スコットは、フランスのガートルード・スタインに宛てて、「スバラシイゲンコウ　ケイヤクムスビタシ」と電報を打ちました。

挿し絵画家には、いく人かの候補のなかから、若いクレメント・ハードが選ばれました。イエール大学で建築学を勉強したあと、パリでフェルナン・レジェに師事して絵画を学び、ニューヨークにもどったばかりのハードは、彼の壁画をたまたま目にしたブラウンに見いだされ、バンクストリートに出入りするようになっていました。フランス文化やヨーロッパの芸術遺産にたっぷり触れ、近代絵画にも造詣の深かったハードは、スコット社が理想とする新しい子どもの本に、まさにふさわしい画家でした。そして、彼のシンプルでエレガントな挿し絵は、スタインの絵画的なことばにぴったりでした。こうしてハードもまた、子どもの本

の描き手として、本格的なスタートをきったのです。

　ピンク（フランス語で「ローズ」）の紙に、ブルーの文字で印刷するというアイデアは、ガートルード・スタインのつよい希望でした。ローズはもちろん主人公の名前、ブルーはローズの好きな色です。印刷のとき、画家のクレメント・ハードは、バンクストリートで出会ったイーディス・サッチャーと結婚式を挙げたばかりでしたが、ピンクとブルーの色合いをチェックするため、新婚旅行を先延ばしにして、印刷所に駆けつけたといいます。

　こうして、1939年秋、あざやかなピンクとブルーの2色で美しく刷り上がった、ガートルード・スタイン文、クレメント・ハード絵、マーガレット・ワイズ・ブラウン編集による『世界はまるい』は、スコット社から刊行されました。

　難解な文体で知られるモダニズムの作家、ガートルード・スタインの子どもの本は、大きな反響を呼びました。スタインのくりかえしの多い文体をまねて、「ガートルード・スタインが書いた、書いた、書いた……」などと、からかう批評もなかにはありましたが、「ニューヨーク・タイムズ」や「ニューヨーク・ヘラルド・トリビューン」などの有力紙は、スタインの文章のリズムが子どもの話し方に似ていることや、この作品を声にだして読む心地よさと楽しさ、それは大人にとっても大きなよろこびであることなどを伝える、好意的な批評を掲載しました。そして『世界はまるい』は、なにより子どもたちに大好評でした。W. & J. スローンというインテリアの店では、子ども部屋のために、この本の絵柄の壁紙と、6種類のラグマットを売りだすことにし、ハードにデザインを依頼しました。

　初版が刊行されてから25年あまりたった1966年、白い紙に黒い文字で印刷された『世界はまるい』の新版が、スコット社から出版されます。この機会にクレメント・ハードは、テキストへの新しい解釈を盛り込んだ挿し絵を、あらたに描き下ろしました。色はピンクと黒の2色でした。

　その後、1986年にサンフランシスコのアリオン・プレスから、まるいかたちの限定版が、さらにその2年後には、おなじくサンフランシスコのノース・ポイント・プレスから、その普及版（ふつうの四角い本）が刊行されました。この2冊にはいずれも、ハードの妻で作家のイーディス・サッチャー・ハード（1910 ～ 1997）が、この本の制作にまつわるエピソードを綴った「世界はぺったんこじゃない」（The World is Not Flat）というエッセイが添えられています。挿し絵は、1966年版に若干手を加えたもので、色はブルー1色になりました。

　それからさらに25年の歳月が流れた2013年、『おやすみなさい おつきさま』の出版社でもあるハーパー・コリンズ（当時はハーパー・アンド・ロウ）社から、ピンクの紙にブルーの文字で印刷された『世界はまるい』が刊行されました。ガートルード・スタインの希望どおり

の色で、挿し絵もクレメント・ハードの最初の絵にもどした、オリジナル版の復活です。1939年の初版からいく度かかたちを変えながら、読みつがれてきた『世界はまるい』が、ぐるりとひとまわりして、もとのかたちにもどったのです。

　この『世界はまるい』のスタイリッシュなデザインと、スタインのことばのみずみずしさには、あらためて目をみはります。80年前につくられた"新しい子どもの本"が、いまなお、わたしたちの目にこれほど新しく映るとは、なんとすばらしいことでしょう。

　"The World is Round"は、これまでに二度、『地球はまあるい』（ぱくきょんみ訳、書肆山田、1987）と『地球はまるい』（落石八月月訳、ポプラ社、2005）として、それぞれ美しい描き下ろしのイラストを添えた日本語版が刊行されています。ここにもう1冊、クレメント・ハードのオリジナルの挿し絵で、ピンクとブルーの『世界はまるい』を、あなたの本棚にお届けできることを誇らしく思います。

〈おもな参考文献〉
イーラ写真、マーガレット・ワイズ・ブラウン文『どうぶつたちはしっている』（寺村摩耶子訳、文遊社、2014）
長田弘「世界はまるい話」（『本を愛しなさい』より、みすず書房、2007）
金関寿夫『現代芸術のエポック・エロイク　パリのガートルード・スタイン』（青土社、1991）
『国際フォーラム「いま、アメリカの子どもの本を考える」』（大阪国際児童文学振興財団、2016）
『絵本の黄金時代　1920〜1930年代　子どもたちに託された伝言』（国会図書館国際子ども図書館、2010）
ガートルード・スタイン「聖なるエミリー」（金関寿夫訳、『地理と戯曲 抄』より、書肆山田、1992）
ガートルード・スタイン『地球はまあるい』（ぱくきょんみ訳、書肆山田、1987）
ガートルード・スタイン『地球はまるい』（落石八月月訳、ポプラ社、2005）
ガートルード・スタイン『パリ　フランス』（和田旦・本田満男訳、みすず書房、1977）
アリス・B・トクラス『アリス・B・トクラスの料理読本』（高橋雄一郎・金関いな訳、集英社、1998）
レナード・S・マーカス『アメリカ児童文学の歴史　300年の出版文化史』（前沢明枝監訳、原書房、2016）
レナード・S・マーカス「ブラウンとハードの生涯　"おおきなみどりのへや"の夢をはぐくんで」
（中村妙子訳、『"おやすみなさい　おつきさま"ができるまで』より、評論社、2001）
光吉夏弥『絵本図書館　世界の絵本作家たち』（ブックグローブ社、1990）
Edith Thacher Hurd, *The World Is Not Flat* from *The World Is Round* by Getrude Stein, Arion Press, 1986
Leonard S. Marcus, *Margaret Wise Brown: Awakened By the Moon*, Beacon Press, 1992
〈ウェブサイト〉
Anne E. Fernald, *In the Great Green Roon: Margaret Wise Brown and Modernism*, Public Books, November 17, 2015
http://www.publicbooks.org/in-the-great-green-room-margaret-wise-brown-and-modernism/
Ariel S. Winter, *Gertrude Stein: The World Is Round* from *We Too Were Children, Mr. Barrie*, May 10, 2011,
http://wetoowerechildren.blogspot.jp/2011/05/gertrude-stein-world-is-round.html

ガートルード・スタイン
GERTRUDE STEIN（1874-1946）

ことばの実験をした作家。アメリカ、ペンシルヴァニア州の裕福なドイツ系ユダヤ人の一家に生まれる。ラドクリフ大学で草分け的な心理学者ウィリアム・ジェームスに師事したのち、ジョンズ・ホプキンズ大学医学部を中退。兄レオのいるパリへ移り、生涯をパリで暮らした。セザンヌをはじめ、無名時代のピカソ、マチスなどの絵画の収集家で、ヘミングウェイに文章の手ほどきをしたことでも知られる。おもな著書に『三人の女』『やさしい釦』『アリス・B・トクラスの自伝』など。

クレメント・ハード
CLEMENT HURD（1908-1988）

アメリカのイラストレーター・絵本作家。マーガレット・ワイズ・ブラウン作の絵本『おやすみなさい おつきさま』や『ぼく にげちゃうよ』のさし絵で、広く親しまれる。イエール大学で建築学を学んだのち、画家を志してパリへ渡り、フェルナン・レジェに師事。その後、生まれ故郷のニューヨークに戻り、ブラウンのすすめで、絵本の仕事をはじめる。妻のイーディス・サッチャー・ハードとの共作も多く、『かあさんふくろう』『ぶんぶんむしとぞう』など、100冊以上の絵本を手がける。

マーガレット・ワイズ・ブラウン
MARGARET WISE BROWN（1910-1952）

アメリカの児童書編集者、絵本作家。ニューヨーク州生まれ。ホリンズ・カレッジを卒業後、バンクストリート教育大学に学び、子どものためのお話を書きはじめる。その後、スコット社の編集者として、『世界はまるい』をはじめとする"子どものための現代の絵本"を企画する一方、幼い子どもの気持ちを理解することに心をかたむけて、すぐれた絵本のテキストを執筆。42歳の若さでこの世を去るまで、100冊以上の絵本を発表した。『おやすみなさい おつきさま』は、世界中に多くの愛読者をもつ。

みつじまちこ
MACHIKO MITSOUJI

1964年、三重県生まれ。洋書絵本輸入会社勤務を経て、絵本、アート、食の分野を中心に、翻訳、執筆、編集にたずさわる。2001年、パリのシェイクスピア・アンド・カンパニー書店で、ガートルード・スタインを知る。2007〜12年まで、母校の青山学院女子短期大学図書館にて、欧米の古書絵本「オーク・コレクション」の調査と図録制作に従事。おもな訳書に『フードスケープ』（アノニマ・スタジオ）、『ミシュカ』（新教出版社）、『地球の食卓』（TOTO出版）、など。

日本語版デザイン　　辻 祥江
日本語版編集　　　村上妃佐子（アノニマ・スタジオ）

世界はまるい

2017年 10月 20日　初版第1刷 発行

訳者　　　みつじまちこ

発行人　　前田哲次

編集人　　谷口博文
　　　　　アノニマ・スタジオ
　　　　　〒111-0051　東京都台東区蔵前 2-14-14　2F
　　　　　TEL.03-6699-1064　FAX 03-6699-1070

発行　　　KTC中央出版
　　　　　〒111-0051　東京都台東区蔵前 2-14-14　2F

印刷・製本　　株式会社文化カラー印刷

内容に関するお問い合わせ、ご注文などはすべて上記アノニマ・スタジオま
でお願いします。乱丁本、落丁本はお取替えいたします。本書の内容を無
断で複製、複写、放送、データ配信などをすることは、かたくお断りいた
します。定価はカバーに表示してあります。
©2017 Machiko Mitsouji, anonima-studio printed in Japan
ISBN 978-4-87758-769-7　C0798

アノニマ・スタジオは、
風や光のささやきに耳をすまし、
暮らしの中の小さな発見を大切にひろい集め、
日々ささやかなよろこびを見つける人と一緒に
本を作ってゆくスタジオです。
遠くに住む友人から届いた手紙のように、
何度も手にとって読み返したくなる本、
その本があるだけで、
自分の部屋があたたかく輝いて思えるような本を。